衛斯理系列 少年版 08

不死藥

作者：衛斯理
文字整理：耿啟文
繪畫：余遠鍠

衛斯理
親自演繹衛斯理

老少咸宜的新作

寫了幾十年的小說，從來沒想過讀者的年齡層，直到出版社提出可以有少年版，才猛然省起，讀者年齡不同，對文字的理解和接受能力，也有所不同，確然可以將少年作特定對象而寫作。然本人年邁力衰，且不是所長，就由出版社籌劃。經蘇惠良老總精心處理，少年版面世。讀畢，大是嘆服，豈止少年，直頭老少咸宜，舊文新生，妙不可言，樂為之序。

倪匡　2018.10.11　香港

目錄

主要登場角色

白素

傑克

駱致遜

韋鋒俠

衛斯理

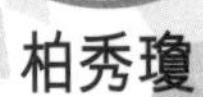

柏秀瓊

十九層

黃老先生

船長

第一章

沒有動機的殺人案

春光明媚，正是旅行的好季節，而我和白素也計劃了一次旅行。可是到達機場，正準備辦理登機手續時，我卻突然收到警方特別工作組負責人傑克的電話，說有一個人想見我。

我不客氣地說：「我正要出發去旅行，有什麼事等我回來後再說。」

但傑克只回了一句：「他是駱致遜。」

聽到這個名字，我不禁怔住，立刻叫停正在辦理登機的白素：「等等！」

白素不明所以地望着我，我說：

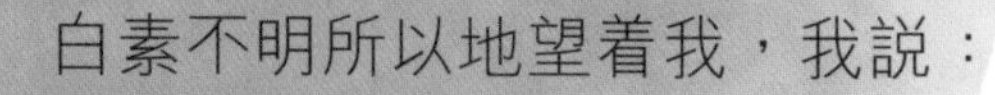

駱致遜是一個待處決的死囚！

他因為**謀殺**哥哥駱致謙而被判死刑。那是一件轟動一時的案件，案中有不少神秘莫測的地方，曾引起過我的注意。

我認為那是一件十分**奇怪**的案件，因為駱致遜完全沒有殺人的動機。

駱致遜是一個很富有的人，兩兄弟少年時繼承了父親豐厚的遺產，之後哥哥駱致謙去了**美國**留學，畢業後更加入了美國空軍，卻在一次太平洋軍事演習中，戰機失事**墜毀**。雖然找不到駱致謙的屍體，但軍方認為他已絕無生還的希望。

在這樣的情形下，駱致遜本可以繼承哥哥的$遺$產，可是他拒絕了，因為他堅信哥哥尚在人間。

事故發生二十年來，駱致遜派了很多人在南太平洋各島尋找他的哥哥，許多南太平洋的探險隊都得到駱致遜的資助，條件是要他們尋找駱致謙的下落。

此舉實在和大海撈針沒有分別，許多人都勸駱致遜不必那樣做了，但他卻堅定地說：「我和哥哥自小有着深厚的感情，只要還有一線希望，我就非將他找回來不可！」

經過二十年的努力，終於，奇跡出現了，**駱致遜找到了他的哥哥！**

那是一件轟動社會的大新聞。可是，更轟動的新聞還在後面：在駱致謙回來後的第三天，駱致遜就**謀殺**了他的哥哥！

他是在一個山崖上將哥哥推下去的，當時至少有七個人看到他的謀殺行動，和二十個人聽到駱致謙跌下懸崖時所發出的尖銳叫聲。

駱致遜被捕後，幾乎不替自己申辯，什麼也不説。他的妻子替他請了幾位最好的律師，但是再好的律師也無能為力。因為不但有七名證人目擊駱致遜行兇，而且還有三位著名神經病專家和臨牀心理學家，證明駱致遜的精神絕對正常。

雖然警方找不到駱致謙的屍體，但專家認為屍體已經被海水沖到遙遠、不可知的地方去了，駱致遜因此被判死刑。

這案件最神秘的地方在於：駱致遜的殺人動機是什麼？

他費了那麼多的金錢、時間和心血，從太平洋一個小島的叢林中找回哥哥，可見兄弟情深，怎麼會在三天之後，又將哥哥親手推下山去？

駱致遜既非瘋子，也不是貪圖哥哥的遺產，他的殺人動機因此成了一個謎。

我以為這個謎將會永遠無法解開，怎料警方此刻卻忽然通知我，説駱致遜想見我！

我並不是什麼大人物，但我曾經解決過許多疑難重重、荒誕莫測的事件，駱致遜之所以找我，相信是他心中有着極難解決的事情。

今天下午四點，他就要行刑了，我總不能拒絕一個生命只剩下幾小時的人的最後願望，所以我決定放棄旅行，答應去見他。

在傑克的辦公室中，這位曾與我爭吵過多次的警方高級人員，張開了手説：「歡迎，你真是垂死者的救星。」

他分明在諷刺我，因為已經不止一次有垂死者要求見我。

我只是淡然一笑，「看來我應該改行當牧師。」

傑克**冷笑**了一下，便帶我離開警局，前往。

監獄門口擠滿了許多新聞記者，而監獄內，城中一流的律師雲集，全是駱致遜的夫人請來的，他們正在設法請求暫緩，盡最後努力提出上訴。

在監獄的接待室中，我第一次見到了駱致遜的妻子——柏秀瓊女士。她的照片我已見過不止一次了，她本人比照片更清秀。此時，她的臉色**蒼白**，正坐在一張椅子上，在聽着一位律師説話。

我和傑克才走進去，有人在她的耳邊提醒，她便連忙站起，向我迎了上來。

她舉止溫文，一看便知是個十分有教養的女子，而且可以看得出來，她是一個非常有克制力的人，正竭力地遏制住內心的**悲痛**。

她來到了我的面前，低聲道：「衛先生？」

我點了點頭，「是的，我是衛斯理。」

她**苦笑**了一下，「真對不起，打擾你了。他本來是什麼人也不想見的，甚至連我也不想見，但是，**他卻要見你**。」

我從她的話中能聽出駱致遜是多麼需要我的幫助，於是我安慰她說：「別客氣，駱太太。我會盡我一切所能去幫助他。」

柏秀瓊的眼中含着淚水，「謝謝你，衛先生，我相信他是無辜的。」

在這樣的情形下，我實在也想不出還有什麼話可以安慰她。而且，傑克也已經在催我了，我只得匆匆地向前走去。

死囚室是監獄中戒備得最嚴密的一部分，我們穿過重重警衛，來到了監禁駱致遜的囚室門前。一名獄卒看到了傑克，便按下電鈕，打開了囚室的門。

囚室內相當**陰暗**，門打開了之後，傑克只是向前一指，「你進去吧。」

我一面向前走，一面向內看去，囚室實在是沒有什麼可以形容的，世界上每一個囚室，幾乎都差不多。當我踏進囚室，門又自動地關上之後，我已經清楚見到這件奇案的主角了！

駱致遜和柏秀瓊可說是天造地設的一對。他文質彬彬，十分有**書卷氣**，雖然看起來十分疲憊，臉色**蒼白**，但雙目依然很有**神采**，說明他不但神經正常，而且還是個很聰慧的人。他坐在囚牀之上，正睜大了眼睛打量着我。

我們兩人互望了好一會，他才先開口：「你就是衛斯理？」

我點了點頭，然後他便站起來，緩緩走到我的面前，十分誠懇地說：「***請你幫助我逃出去！***」

第二章

死囚的越獄要求

駱致遜的話嚇了我一大跳，我問道：「你可知道自己在說什麼？」

他連連點頭，「我知道。我知道向你提出這個要求是**遲了一點**！」

他居然不說這個要求是「過分」，而只是說「遲了一點」，令我感到十分**奇怪**。

他又說：「可是沒有辦法，我直到最後關頭，才想起你曾經做過許多普通人所不能的難事，或許可以幫助我逃出這所**監獄**。」

我嘆了一口氣，「我知道七百多種**逃獄**的方法，而且也認識不少逃獄專家，對他們來說，沒有一所監獄是不能逃脫的。」

「好啊，你答應我的要求了？」他**興奮**起來。

我苦笑道：「我答不答應還是其次，最重要的問題是，逃獄並非一件簡單的事，它需要周詳的計劃，有的甚至要計劃幾年之久，而你——」

說到這裏，我看了一下**手錶**，他的生命只剩下三小時四十分鐘。而事實上，他至多只有兩小時的機會，因為行刑前還要進行一些程序，到時牧師、獄卒、獄長都會將他團團圍住，他就更難逃出去了。

他的臉色變得異常蒼白，**激動**地說：「不，***我必須逃出去！***」

我本來想問他關於這件案的真相，可是又不忍心耗掉他僅餘數小時的生命，所以只**嚴肅**地問了他一句：「你是無辜的？」

他沒有直接回答，只是又重複地說：

「***請你幫我逃出去。***」

我無可奈何地站了起來，「對不起，這是一項不可能的任務，我實在無能為力。你太太所請的律師們正在替你作緩期執行的請求，如果成功緩期兩個月的話，我們再詳談吧。」

「如果緩期執行的請求不被批准呢？」他突然握住了我的手問。

他的手比冰還要冷，冷得連我也不由自主地**發抖**，顫聲道：「對不起，我實在是辦不到！」

我掙脫了他的手，退到門口，用力地敲打了三下囚室的門。

那是事先約定的**暗號**，囚室的門立時打了開來，我閃身退了出去。駱致遜並沒有向外撲出，只是以十分尖鋭的聲音哀叫道：「**幫幫我！**你必須幫助我，只有你可以做到，**你一定可以做到的！**」

我在他的叫聲中狼狽退出，囚室的門又無情地關上，將我和他分隔開來。

兩名警官**緊張**地走過來問：「怎麼樣？他有傷害你嗎？」

我搖搖頭，「沒有，我不是那麼容易被傷害的。」

警官又說：「去見快要行刑的死囚，是最**危險**的事，他們自知快要死了，什麼事情都可以做得出來。」

我苦笑了一下，可不是嗎？駱致遜雖然很斯文，但竟然叫素未謀面的我幫他**越獄**，這種異想天開的要求，不也是「什麼事情都做得出來」的一種嗎？

我經過接待室時，感到氣氛十分不對頭，所有律師都**垂頭喪氣**地坐着，一聲不響，看來請求緩期的事情，已經沒有什麼希望了。

我心中感到極度不舒服，急急地走過接待室，準備離去，但忽然有人叫住我：「**衛先生，請等一等！**」

我轉過身來，站在我面前的是駱太太。

她神情淒苦，使我心情更加**沉重**，她緩緩地說：「我們都聽到了他的**尖叫聲**。」

我苦笑道：「是的。」

駱太太說：「我知道，那是**絕望**的叫聲——」她略頓了一頓，又說：「我也知道，一定是他對你有所要求，而你拒絕了他。」

我無奈地點了點頭。

駱太太出乎意料地沒有埋怨我，也沒有催逼我，只是幽幽地嘆了一口氣：「**謝謝你來看他。**」

她說完便轉過身去，這樣使我更感**疑惑**，連忙叫住了她，低聲問：「駱太太，你可知道他要求我做什麼？」

駱太太搖搖頭，「我不知道。」

我將聲音壓得很低說：「**他要我幫他逃出去，在最後三小時越獄！**」

駱太太吃了一驚，但極力壓抑着臉上的神情，淒苦道：「他一定是感到絕望，才會提出這樣的請求。」

我同意她的話，「我想是的，可是我實在無能為力。」

不過，我心裏馬上問自己：我是真的無能為力嗎？

如果說一點辦法也沒有，那是不對的，以我如今獲得警方信任的地位，以及我曾見過駱致遜一次，我至少可以想到三種以上的方法，幫助駱致遜逃出監獄。但是，不論用哪個方法，我都難免成為**最大嫌疑人**。

公然幫助一個判了死刑的謀殺犯**越獄**，罪名絕對不輕。除非駱致遜逃獄後，能找到證據洗脫**謀殺**罪名，否則，我就得坐牢，或者過着逃亡的生活。

而且，如今我不是一個人，我還有白素──我的新婚妻子，我怎能拋下她去坐牢、去逃亡呢？

這是不可想像的，我當然不會傻到不顧一切地將駱致遜救出來。

駱太太似乎也看出我的難處，**低嘆**了一聲，「衛先生，我明白的，很感謝你。」説完便轉過身去。

這時候，傑克向我走來，「怎麼樣？死囚要見你，是為了什麼？」

我還猶豫着要不要告訴他，於是先**開玩笑**地回答：「他看我的名字像牧師，結果找錯人了。」

傑克並不欣賞我的**幽默感**。我看出他心裏極為不快，因為他在警方有**極高**的地位，如果死囚有什麼需要求助，理應找他來解決，絕不會輪到我這個無關重要的人。

我向外走去，傑克跟在後面説：「衛斯理，如果你和警方**合作**的話，應該將駱致遜要見你的原因告訴我們。」

傑克是一位優秀的警官，可就是太過驕妄，態度語氣常常惹人反感。我不理他，繼續向外走。

傑克仍然不放棄，鍥而不捨地追着我問：「究竟他向你要求了什麼？告訴我。」

我不勝其煩，於是在大門口站住，回過頭來告訴他：「好，我告訴你，他要我幫他逃獄。」

傑克呆了一呆，「你怎麼回答他？」

我沒好氣道：「我説，逃獄這事，我實在無能為力，如果他想要好一點的牧師，替他臨終前祈禱，使他的靈魂順利上到天堂去的話，我倒是可以效勞的！」

這幾句是氣話，事實上我並沒有對駱致遜講過。

我不知道傑克能否聽出那是氣話，只見他沉默了一會，忽然之間，又認真地問：「衛斯理，憑良心而言，對這件案，你不覺得奇怪嗎？」

「我當然覺得奇怪！但總不能因為案件有**疑點**，我就去幫他越獄吧？」我說。

傑克望了我好一會，然後嚴肅地說：「**如果我是你，我會的。**」

「什麼？」我很意外地叫了出來。

「拒絕幫助一個你相信是無辜的人，眼巴巴地看着他被**處死**，你內心受得住這種痛苦和自責嗎？」

傑克嘆了一口氣，「我真慶幸，他求助的人不是我。」

他講完後，便轉過身，回到監獄中去了。

第三章

我呆呆地站在監獄門口，一時之間，腦筋轉不過來，不明白傑克那樣説是什麼意思。他在鼓勵我犯法嗎？畢竟我和他有一些**嫌隙**，他是真心給我意見，還是故意設下圈套啊？

我一直向前走，傑克的話亦一直在我腦海中**迴旋**，駱致遜那種誠懇的哀求，駱太太那種**幽怨**的眼神，都使我心中感到十分不舒服。

我停了下來，想了一想，然後打電話給白素，問道：「如果我現在開始**逃亡**，要逃上好幾年，你會怎樣？」

這個突如其來的問題令白素呆了好一陣子，但她並沒有反問我什麼，而是簡單堅定地回答：「**我和你一起逃。**」

這時候，駱太太突然獨個兒走出了監獄，看到了我，還向我走過來。

白素在電話中問：「衛，你怎麼不說話？究竟發生了什麼事？」

我將聲音壓得十分低，急急地説：「素，駱致遜要我幫他**越獄**！」

「天啊，他快要上**電椅**了，你做得到嗎？」

「做是可以做得到的，可是這樣一來，我**明目張膽**地犯法，你認為怎樣？」

「駱致遜很可能是無辜的，我知道你想幫他，你做任何決定，我都支持。」

駱太太愈走愈近，我連忙道：「如果一小時內不見我回來，你就到東火車站等我，帶上必要的東西。」

我匆匆地講完，立即掛了電話，而駱太太也剛好來到了我的面前。

她說了一句我實在意料不到的話：「衛先生，你什麼

時候開始行動？時間不多了。」

我張大了口，還未説出話來，她已經接着道：「我知道你一定會答應的，你不會忍心看着一個無辜的人去送死。」

聽了駱太太這句話，又令我想起傑克那句話，如果有人因為我拒絕拯救而枉死，我內心將會十分痛苦難受，並留下永久的陰影。

我深吸一口氣説：「好！我不但幫他逃獄，而且要弄明白他這件案的真相，你們兩夫婦要和我充分合作，答應嗎？」

「當然可以，你可以跟我們一起逃走，我將我所知的一切告訴你，也勸他講出真相來。」

「我會在一小時內回來，等我。」一講完，我就大踏步走了開去。

這時候，我心裏已有了一個十分可行的計劃，但必須借助一位朋友的幫助。

我這位朋友是**億萬富豪**，有着一個極奇怪的嗜好，因此被稱為「**大犯罪家**」。但不要被他這個銜頭嚇怕，他所謂的犯罪，全都是紙上談兵的。

他喜歡策劃一些犯罪行動，今天計劃打劫一間***銀行***，明天計劃行劫國庫，後天又計劃去偷取國防機密。

他計劃時非常認真，不但會實地勘察，擬定精確的計劃，還會購買一切所需物品。但是，計劃好後，他卻不會實行，而是將有關這項犯罪計劃的所有東西，全鎖進一個房間裏，然後在房門貼上「**第X號計劃**」，不時走進去**陶醉**一番。

他就是這樣一個怪人，一生之中可能未曾犯過一次**最小**的罪。但如今，我卻真的要拉他去犯罪了，因為只有他，才有那麼齊全的犯罪計劃和道具，省回我不少**時間**。

當然，我不會連累他，在一路前來的時候，我早已計劃好，事後如何讓他置身事外。

來到他的家門前，我急速地按，向着對話機喊：「是我，衛斯理，我有急事找你！」

一枚**攝像鏡頭**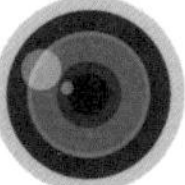從牆裏伸出來，掃描我的**瞳孔**，確認了我的身分後，對話機便傳來我那位朋友的聲音：「是你，太好了。衛，我新進行的一個計劃，需要一些聰明的意見，你來得太合時了。」

門立時自動打了開來，他接着説：「我在地庫第十七號房間中，你快來。」

我進屋後，沿着樓梯來到了地庫，經過第十七號房間的門口，門是打開的，可是我沒有進去，而是在門外**匆匆走過**。

我那位朋友本來在第十七號房間裏等着我，看見我過門不入，大感驚訝，追出來問：「衛，我在這裏啊！你要去哪兒？」

我跑到第十一號房間門前停下，他趕到來，喘着氣説：「是十七，不是十一。」

「**不！是十一！**」我堅定地説：「我記得你第十一號計劃是打劫**教堂**聖物的，對不對？韋鋒俠。」

韋鋒俠是他的名字，他**雀躍**起來，「對！怎麼了？你想先重溫我這項傑作嗎？」

我點了點頭，他便興奮地打開了第十一號房間的門。

房中央是一個**大沙盤**，沙盤上的模型極其逼真，那是一座世界聞名的大教堂及其周圍的環境，街道上的車輛都在**移動**着，真實感十足。

韋鋒俠拿起一根細而長的金屬棒，指着那座教堂說：「要我講解一下怎樣混入教堂偷取**聖物**嗎？」

「不！」我說：「不要偷聖物。我想把你這個計劃改成：在最短的時間內，將一個快將行刑的**死囚**從死囚室中救出來。」

韋鋒俠先呆了一呆，然後現出興奮的神色說：「**有**

趣！真是個好主意！我馬上變換過來！」

他開始動手移走那座教堂，準備換上監獄建築，但我叫住了他：「不要浪費時間換模型了，你有沒有一套東正教長老服裝？」

「當然有，都準備好的。」他指向房間角落裏的一排衣架，那裏掛着一套東正教長老服裝。

「那你有沒有像真的面具？」我又問。

「廢話，這是基本道具，有太多了。」

「好，那你趕快裝扮起來。記住，東正教長老大多數是留鬚的，選一個有長鬚的面具。」我催促道。

「你想真人模擬一次嗎？有趣！」韋鋒俠立刻興致勃勃地跑到角落裏換衣服。

他不愧是「大犯罪家」，不到幾分鐘，已經回到我的面前來，身上穿着黑袍，頭上戴着大而平頂的帽子，面上套着長鬚面具，頸上還掛着一大串珠子，連着一個十字架。

我笑了起來，「真好，我們快走。」

韋鋒俠呆了一呆，「走到什麼地方去？」

「當然是去救那個死囚啊，他的名字，你也一定聽說過的，他叫駱致遜，再過兩小時，他就要上電椅了，我要去救他出來。」

韋鋒俠的聲音開始發抖：「衛，你來真的嗎？我……只不過是計劃一下……」

「放心，你在事後不會受到牽連的，因為一進死囚室，你就會被我一拳

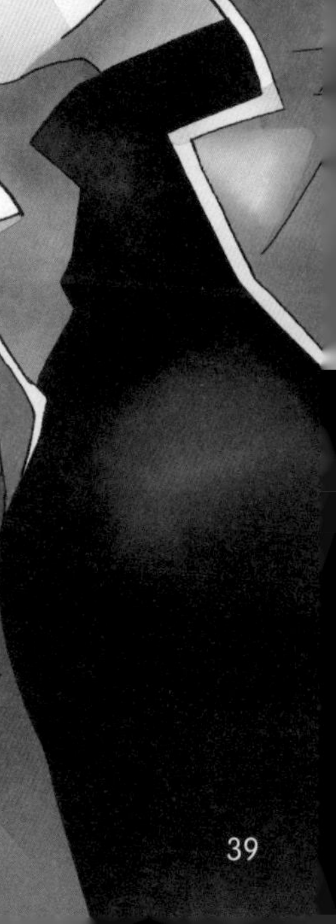

擊昏，所有的事都由我來擔當，你只是受害者。」

他顯得有點**迷惘**，我便補充道：「你只需要記得三件事就夠了。第一、你說是我來求你扮一個東正教神父，因為死囚提出了這個要求。第二、當我打你的時候，你別反抗。第三、獄警把你弄醒的時候，記緊讓他們**看清楚**你是韋鋒俠，不是死囚。」

他驚呆住了，口吃地說：「但為……為什麼要這樣做？」

我笑道：「我們目的是要救一個無辜的人。你一直以來策劃了那麼多『紙上談兵』的犯罪計劃，現在終於有機會運用在好事上面了！**出發吧！**」

第四章

不顧一切後果的行動

我拉着裝扮成東正教神父模樣的韋鋒俠上了車，然後馬上開車，直駛往監獄去。

監獄接待室內的情形，和我剛才離去時分別不大，但由於駱致遜所剩的時間又少了許多，所以氣氛特別緊張。

對於我再度出現，而且身邊還多了一個東正教神父，監獄方面頗為驚訝，幾乎所有人都向我們投以疑問的目光。

我先看看傑克是否在場，發現他不在，我便放心得多了，畢竟他是個不同凡響的警務人員，而且特別喜歡挑我毛病，萬一他在場，我的把戲怕會瞞不過他。

我再望向駱太太，她表現得非常鎮定，但我知道她結婚前是一名演員，即使心裏十分焦急緊張，也能演出鎮定的模樣。

我來到獄長面前，這時距離行刑只有一小時多，獄長已開始作一些準備。我對他說：「我剛才來看過駱致遜。」

「我知道，是傑克上校帶你來的。」獄長道。

我點了點頭，指着韋鋒俠說：「駱致遜要我帶一個東正教的神父來，他要向神父作懺悔，請你讓我帶神父去見他。」

獄長向韋鋒俠打量了幾眼，「可以，死囚有權利選擇神父。」他向一名獄警揚了揚手，說：「帶他們進去。」

我們順利地來到**死囚室**門口，獄警打開了門，駱致遜一抬頭，我便說：「你要的神父，已經來了。」

獄警把門關上，我走到駱致遜的面前，**壓低聲音**說：「快！快脫下囚衣，你將改裝為神父走出去，千萬不要**緊張**，我會跟在你的後面，外面有車子，上車後，我們立即可以遠走高飛。

駱致遜的反應十分**快**，立即開始脱衣服，但韋鋒俠卻有點猶豫：「我們這樣——」

然而，他還沒說完，我已用最溫和的力度把他**打昏**，隨即拉下他的面具和帽子，拋給駱致遜。

然後，我背靠門站着，**遮住**了門口的小洞，並刻意大聲說：「駱致遜，你應該好好地向神父懺悔，這是你最後的機會了。」

接着我又低聲告訴駱致遜：「**你只要向外走就行，絕不要回頭。**」

駱致遜點頭，他的動作相當快，不一會，他和韋鋒俠的服裝已經**互換**了，他裝扮成一名東正教神父。

雖然他比韋鋒俠強壯一些，但是在**寬大**的黑袍，還有帽子和面具的遮掩下，別人難以分辨出來。

一切就緒後，我低聲說：「好了，你可以開始罵神父，愈大聲愈好，你要趕神父走。」

他一開始還聽不懂，但細想幾秒後，便立即領會我的意思了，他在我的肩頭上拍了一下，「我沒有找錯人，你果然是有辦法的，我真不知怎樣感謝你才好。」

然後他便依着我的吩咐，叫了起來：「**走！**你給我滾出去！我不要你替我懺悔！」

我也大聲叫道：「這是什麼話？你特意要見我，不就是要請我找個**神父**來麼？」

駱致遜又大叫：「**滾！快滾！**你們兩個人都給我滾出去，快！」

我們的聲音一定傳到了死囚室外，不等我們要求開門，獄卒已將門打了開來。門一開，駱致遜便照着我的吩咐，**怒氣沖沖**地衝了出去。我連忙也跟着出去，順手將門關上，一邊叫道：「神父，請息怒，你聽我解釋！」

我們兩人一先一後，**急匆匆**地向外衝去。這是最危險的一刻了，雖然我已關上門，但獄警還是可以從門上的小洞，看到死囚室內的情形，如果看出死囚室裏的人已

不是駱致遜的話，那麼我這個逃獄計劃便失敗了。

那獄警果然向小洞望了一望，但是我將韋鋒俠的身子，面向下、背向上地放在囚牀之上，情形就像他在激動之後，伏在牀上不動。我回頭看了一眼，見那獄警並沒有表示什麼，我才放下心來。

駱致遜在前，我在後，我們繼續急急地向外走去，一路上，不斷有警員和警官問：「怎麼一回事？他怎麼了？想傷害你們？」我則大聲回答：「他一定是瘋了，是他自己要我請神父來的，卻居然將神父趕走，實在太豈有此理了！神父，請你別見怪。」

駱致遜什麼也不說，只是向外走去，我則不停地向他表示抱歉，我們幾乎是通行無阻地走出了監獄。駱致遜事先已知道了車牌號碼，他直向我們的車子走去。

我一直跟在他後面，快要跟上的時候，駱太太忽然在我身後叫我：「衛先生，請你等一等。」

我轉過頭來一看，不但有駱太太，而且還有好幾名律師和警官，獄長也在，我自然不能説她的丈夫已成功越獄，只道：「對不起，我要送神父回去，十分抱歉——」

就在這時候，身後忽然傳來汽車引擎

發動的聲音，我連忙轉過頭去，發現駱致遜上了車後，竟然發動車子，**疾衝**而去！

駱致遜一逃出監獄便撇下了我，很明顯，**我被他欺騙了！**

此刻我必須盡快逃走，因為他們隨時會發現死囚室裏的人不是駱致遜，到時我就麻煩了。

於是我不再理會在監獄門口的那些人，立刻轉身離開，急急截了一輛的士，前往**東火車站**。這時，距離我打電話給白素已超過一小時了，白素一定已在車站等着我。

我匆匆地走進了火車站，白素果然在，她向我迎來，「怎麼樣？」

我滿臉**憤怒**，「別説了，我被騙了，我們要找個地方躲起來。」

白素幾乎不用想就説：「我父親的一個朋友，有一棟很堂皇的房子，我們躲在他家中，是沒有問題的。」

我擔心道：「我的案子十分嚴重，他肯收留我們嗎？」

「一定肯的，當年他就是靠了我父親的收留，才有如今的社會地位。而且，我已經跟他説好了。」

白素處事如此周到，令我嘆服之餘，也深感幸福。我是交了多大的好運，才會娶得這樣好的太太啊！

「別發呆了，我們這就去！」

白素立刻帶我去那位黃老先生的花園洋房，途中我們換了全新的手機和號碼，以防警察能追蹤到我們的位置。到達後，我發現那是一棟很大的樓房，莫説多住兩個人，即使多住二十個人，也不成問題。

黃老先生還親自招呼我們，帶我們在屋裏走了一圈，略作介紹，然後再帶我們到一間**華麗**的臥室去。

「你們先休息一下，當自己家裏一樣，有什麼需要便告訴我，或者呼喚女傭。」

黃老先生説完便走開，我和白素都禮貌地鞠躬感謝他。

我倒在沙發上，嘆道：「白素，駱致遜將我騙得好苦。」

「他怎樣了？」

「哼，才出監獄，他就溜走了！」我説：「我原意是要在他身上查明白那件奇案的真相，沒想到他只是想利用我來逃獄，過橋抽板，太過分了！」

白素輕輕嘆了一口氣，「你若是一直發怒的話，也無補於事，你該想辦法去解決。」

「解決方法只有一個。」我依然氣沖沖，握着拳頭説：「**就是把駱致遜那個混蛋找出來！**」

第五章

「你打算怎麼找他出來？」白素問。

我想了一想，答道：「從他的妻子身上着手。」

白素笑了起來，「你還能相信駱太太嗎？」

我有點愕然，「這是什麼意思？」

「若説駱太太事前什麼都不知道，這也未免太難以令人相信了。」

白素的話大有道理，我立即恍然大悟，他們兩夫婦事前是串通好的！

我不禁大力拍了一下自己的腦門，如果白素的估計屬實的話，那麼，駱太太如今肯定也失蹤了。

這時候已經快四點，我們的手機忽然同時響起，但並非來電鈴聲，而是一則突發新聞的通知訊息。

我們同時拿出手機，打開新聞來看，原來駱致遜逃獄的事已經被發現，新聞標題是「**驚人逃獄案，神秘殺兄案主角，臨刑前喬裝越獄**」。

內文則記載着，在將要行刑時，監

獄方面發現死囚昏迷，起先懷疑是自殺，但很快就認出，那人並非死囚駱致遜，而是殷商韋某人之子韋鋒俠。駱致遜已經逃逸，而他之所以能夠成功越獄，顯然是得到一個名叫衛斯理的人幫助。接下去，便是駱致遜和我的介紹。

在介紹文字中，我被描寫成一個神出鬼沒的人，幸而我以前曾經幫助過國際警方，那些剷除匪徒和大規模犯罪組織的事，都是報界所熟知的，是以在提及我的時候，「口碑」倒還不錯。我查看了幾家報紙的新聞報道，有些甚至認為我可能是受到某種要脅，才不得已這樣做。

當然，沒有一家報紙能料到，我其實是在被欺騙的情形下，幫助了駱致遜逃獄的。

我還看了新聞影片，是警方高級負責人傑克的講話，他表示，任何人提供線索，使警方成功捕獲我及駱致遜的話，可得到**獎金**兩百萬元，如只能提供捕獲一人的線索，則可得獎金的一半。

傑克發表講話時，那副洋洋得意的神態，使我頓時感覺到，我不但被駱致遜夫婦欺騙，而且還上了傑克的當！當時他在監獄門外對我說的那一句話，根本是故意**誘導**我去犯罪，然後他就可以乘機為難我了！

關於這事件的新聞，不斷有更新報道：韋鋒俠在問話後被釋放；一切和我有關的人，都被警方邀請協助調查；而我的住所也被搜查了；警方很快已確認，駱致遜和我們兩雙夫婦已經同時失蹤。這樣看來，我的嫌疑實在是跳進黃河也洗不清了。

直到這時候，我才真正相信，「好人難做」這句話是十分有道理的，我為駱致遜作了那麼**大**的犧牲，卻落得如此下場，這不是好人難做嗎？

「可惡！」我氣憤地把手機擲在牀上。

此時，白素卻仍能保持微笑，安慰道：「別動氣，我們原本不是策劃了旅行嗎？這裏環境媲美度假小屋，我們就當作在這裏度假吧。況且，你不是常常慨嘆沒有時間好好看書嗎？這裏有十分具規模的藏書，你可以得償所願了，還唉聲嘆氣？」

我苦笑了一下，連忙收拾心情，來回踱了幾步，便拿起筆，先將我所需要的東西列出來，包括了駱致遜一案的全部資料，和必要的化裝用品等等。

黃老先生的背景**深不可測**，他連夜替我準備，不消兩天，就給我帶來了駱氏殺兄案的全部資料，而且不僅是報紙上所記載的，居然還有一份警方保存的完整檔案**複印本**。

除此之外，他還給了我一件十分有趣的東西，那是一個小小的提包。

它是一個男裝的公文包，但一將它**翻轉**過來，卻又變成了一個女裝的手袋。

這提包雖然不大，但內容豐富，有如魔術師的道具一樣，藏着三套極薄的衣服、三個**面具**、一些化裝用品和擺脱追蹤的工具。

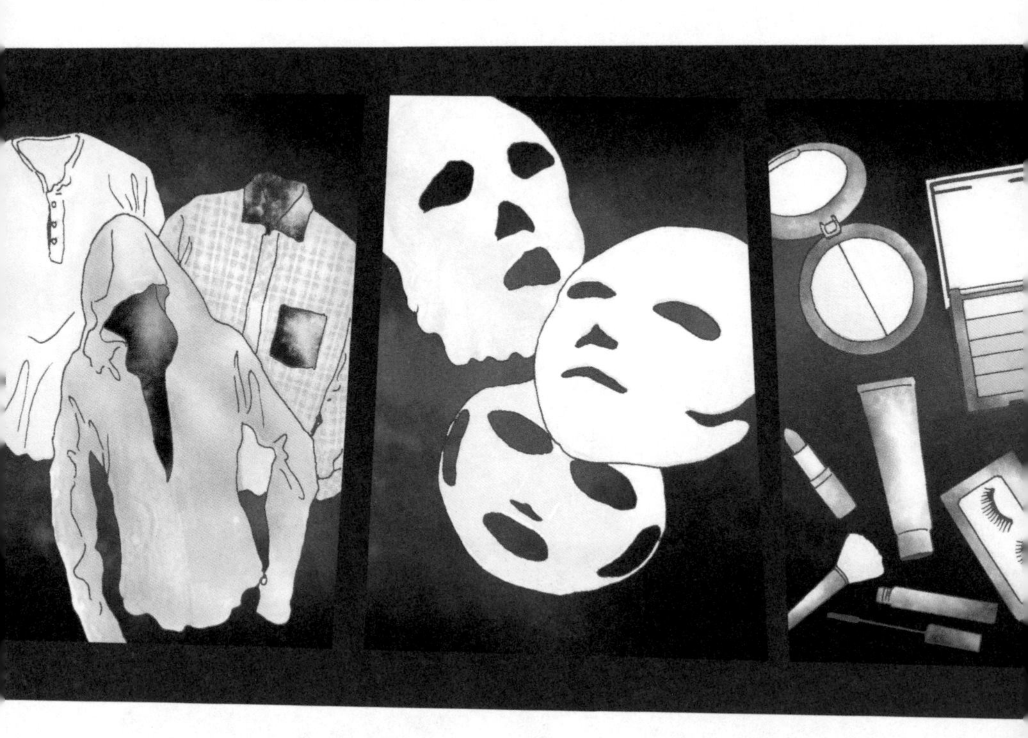

那三個面具和三套衣服是相配的，那是兩男一女，也就是説，我只消用極短的時間，就可以變換三種不同的面目，包括一次扮成女子在內。

我花了一整天的時間，細心研究着警方的那份資料。

根據紀錄，警方對駱致遜曾經進行過三十六小時不斷的盤問，而駱致遜的回答，歸根究底只不過是三個字：**不知道**。

警方也曾採取半強迫的方式盤問過駱致遜的太太柏秀瓊，但柏秀瓊是個十分厲害的女子，她指出警方對她的盤問方式是非法的。

至於其他目擊者的口供，他們都很堅定地表示親眼看到駱致遜把哥哥**推下山崖**。

我覺得這份資料最有用的，是案發後警方人員搜查駱致遜住宅的一份報告。

在這份報告中，我至少發現了幾個**可疑**之處。

第一、這份報告說，駱致遜將他的哥哥自南太平洋接了回來後，兩兄弟是住在同一個房間。而那個房間裏，警方發現了一件十分**奇異**的東西，由於駱致遜堅持不開口，駱致謙又死了，所以這件東西究竟是誰人的？有什麼用處？警方無法得知。

那東西是竹製的，簡單來説，是一個一呎長的**粗大**，但檢驗後證實並非竹子，而是一種不知名的

植物。它很可能是駱致謙從南太平洋島上帶回來的，竹筒上所刻的**花紋**也十分特別，似是文字，但經過專家研究後，也不知道是什麼意思。

第二、除了這件東西疑似是駱致謙所有之外，幾乎沒有別的東西是屬於他的，他是隻身回來。

第三、駱致遜有**寫日記**的習慣，可是案發之後，他的日記簿卻不見了。駱致遜是在案發時當場被擒的，連

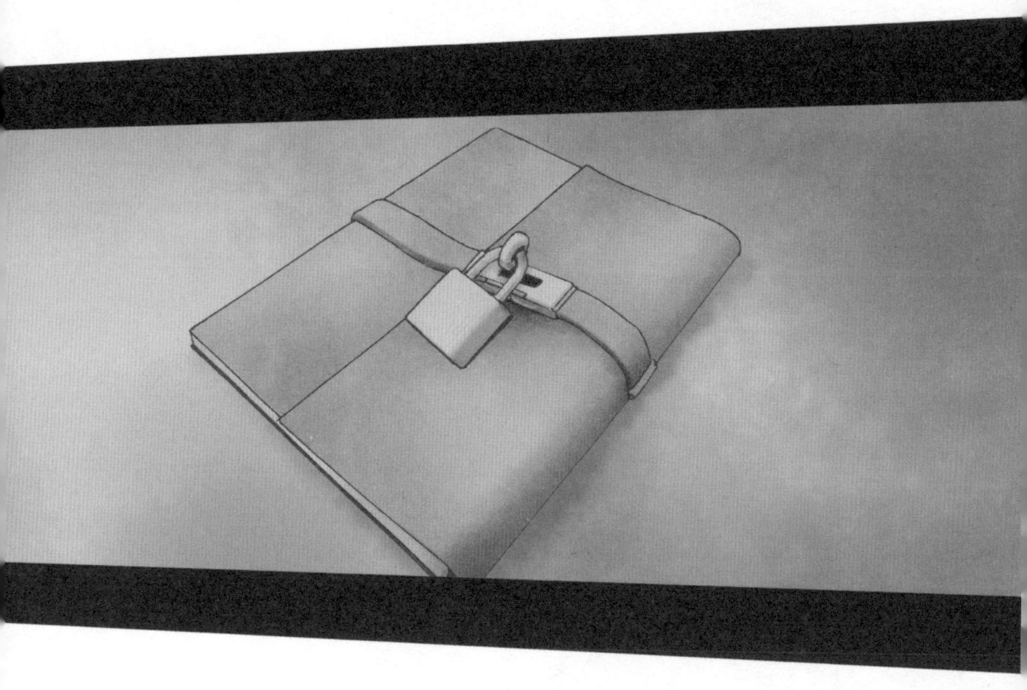

回家的機會也沒有，他不可能在事後去銷毀日記簿。但如果說，他在事前就銷毀了日記簿，那麼他殺害駱致謙的行動，就是有預謀的了，可是，動機又是為了什麼呢？

看了這份報告書之後，我心中的疑問不減反增，那個用途不明的竹筒是什麼東西？那本日記簿是何時消失的？還有，駱致謙失蹤了二十年，駱致遜是在南太平洋哪個地點找到駱致謙的？根據一份當地遊艇出租人的口供，他曾將一艘性能特佳的遊艇租給駱致遜，而在若干天之後，駱致遜就和他的哥哥一齊出現了。

晚上吃過晚飯後，我對白素說：「我要到南太平洋去。」

白素有點驚訝，「什麼？」

「我先要弄清楚，駱致遜是怎樣找到他哥哥的，這和他殺死哥哥之事，一定有極大的關連！」

白素憂慮地望着我，「你認為你能離開嗎？警方已**封鎖**了一切交通口！」

我聳了聳肩，笑道：「我認識一打以上的人，可以用一百種以上的方法幫我離開，而不需要任何證件，也不必通過什麼檢查手續。」

白素輕輕地嘆了一口氣，「你不要我陪你一起去嗎？」

我握住了她的手，「犯罪的是我，你是沒有罪的，你要保持清白的身分，留在這裏密切**監察**着事態發展。」

白素無奈地點頭答應。

我馬上和那些可以幫助我離境的人聯絡，可是他們的答覆幾乎是一致的：「衛先生，你現在太『**燙手**』了，我們接到嚴重的警告，這個燙手山芋，我們實在不敢碰啊。」

我一連接到了七八個這樣的答覆，**氣惱**不已。我氣惱的不是那些不肯幫助我的人，而是傑克！那些警告分明就是他發放的，他想看到我落難無助的樣子**！**

如今，還有膽量和能力幫助我的，就只剩下一個人了，那人的外號叫「**十九層**」！

第六章

十九層

我打了一通電話給「十九層」。

他這個外號的由來，是因為傳說中的地獄有十八層，而他卻是應該進第十九層地獄去的人，可想而知他有多邪惡。我和他並不是太熟，只見過兩次而已。

我打了好幾個電話，才找到了他，當我講出了我的名字後，他便說：「是你啊，衛先生，全世界的警察都在找你！」

我苦笑了一下，「不錯，我也有這樣的感覺，所以，我想先離開這裏，請你幫我安排。」

十九層忙道：「你太『燙手』了。你可知道警方搜捕你的措施已嚴厲到什麼程度？水警甚至截查遠洋輪船，檢查每一個人的**指紋**！」

我心中苦笑了一下，警方如此嚴謹，那麼駱致遜夫婦自然也走不了。一想到這裏，我心中一動，忙問道：「十九層，除了我之外，還有人要你幫助離開本市嗎？有沒有？」

十九層笑了起來，笑得十分**詭秘**。

「你笑什麼，有什麼好笑的？告訴我，駱致遜夫婦是不是也通過了你的安排而出境了？」

十九層仍然在笑着，並沒有回答我的問題，只説：「如今唯一可以離開的方法，便是將你當作**貨物**運出去，因為警方現時檢查的只是人，暫時還未注意到貨物。」

我**苦笑**了一下，「既然是唯一方法，我也沒有別的選擇了，我要去南太平洋那邊，什麼時候能出發？」

「等會我把地址發給你，你到那地方去，見一個叫阿漢的人，你必須聽從他的每句話！」十九層説。

「那麼你呢？我們不見面嗎？」我忙問。

他又十分狡猾地笑了一笑，「我們有必要見面嗎？」

「不見面也罷，可是我想知道——」

我想追問駱致遜夫婦的下落，可是十九層已經掛線了。

我斷定他一定知道駱致遜的消息，所以在找那個阿漢之前，我決定先去見十九層，當面問清楚。

從剛才電話裏的背景聲音，我已經知道他身在何處。他正在本市最高級的私人俱樂部內賭輪盤。

我馬上喬裝成一名中年男子，從黃家巨宅的後門離開，坐的士來到了俱樂部的門口。

那是只限會員和會員的朋友才能進入的地方，恰巧有兩個人坐着豪華汽車來到，我便向他們招手，「喂，好久不見了！」

他們兩人互相以為我是對方的朋友，都向我微笑地點了點頭，我也順理成章地跟着他們走了進去。

進了俱樂部後，我就不陌生了，因為這是我來過好幾次的地方，所以才會在電話的背景聲中認出來。

我直向輪盤室走去，果然看到十九層，他今天運氣不錯，正在**興奮**地叫嚷着，連我到了他的身後也不知道。

直到我一隻手重重地搭在他的肩頭上，他的好運就到此為止了。

他當然認不出喬裝後的我，我在他耳邊低聲說：「**我是衛斯理，你不想我對你不利，就跟我走。**」

他呆了一呆，然後**不忿**地怪叫：「要我跟你走？我正在順風中，再讓我押三次。」

我搖頭道：「不行。」

他哀求：「兩次，**一次！**」

我仍然搖頭，「不行，如果你再不起身，你就真的要到第十九層**地獄**去了。」

他嘆了一聲，站起身來，我把他帶進了一間貴賓休息室，鎖上門，拔槍要脅道：「這是一支特製的槍，能射出一種染有**毒藥**的針，這種針不會致命，但卻可以使人的脊椎神經遭到**破壞**，終身癱瘓，你可要試試？」

十九層坐了下來，「你想怎樣？想我不收錢，免費送你去南太平洋嗎？」

「錢我會付，我只是想你回答我一個問題：**你安排駱致遜夫婦去了何處？**」

十九層聳聳肩，「我從來沒見過他們。」

我二話不說，用槍**瞄準**他，開始數：「一、二……」

「等等！」他連忙**打斷**我，「只有我才有能力幫你離境，你這樣對待我，對你沒有好處。」

我**沉聲**道：「我就是知道，只有你有這個能力，所以才向你問駱致遜夫婦的

下落。你說不說？限你十秒鐘！」

「三、四……」我又繼續數。

快數到十的時候，十九層捣住了臉說：「他們是昨天走的，被裝在箱子中，當成是棉織品，坐白駝號輪船走。」

「目的地是什麼地方？」

「帝汶島。」

我吸了一口氣，這和我的目的地是相同的，帝汶島在南太平洋，從那裏出發，可以到達很多南太平洋的島嶼。可是我馬上又產生了另一個疑問：他們為什麼要到南太平洋去呢？

我站了起來，從懷裏拿出半截金條給十九層，「好了，現在我去找那個阿漢，我知你會保證我安全出境的，如果你還想收到餘下半截的話。」

十九層接過了半截金條，我便不再理會他，轉身離開。

我保持喬裝，依照十九層給我的地址，找到了那個阿漢，他帶我來到碼頭附近。

在一個倉庫之中，他和幾個人交頭接耳，然後捧着一個小木箱過來，我立刻忍不住咒罵：「滾蛋！我就算會縮骨功，也不可能塞進這個木箱裏去！」

「這個是放食水和乾糧的。」他把小木箱交到我手上，然後指着前面的一個大木箱說：「那個才是放你的。」

我上前一看，那是一種裝瓷器的大木箱，上面已漆上「容易破碎，小心輕放」和一個向上的箭頭，表示不能顛倒。

雖說是大木箱，卻也只不過是一公呎立方，我只能坐着，不能作太大的伸展。雖然木板之間有縫隙，但是否足以讓空氣流通，也成疑問。

阿漢看出我的憂慮，便說：「事實上你不必躲藏太久，船出了公海，你就可以利用工具撬開木箱出來走動了，如果你身上有足夠的鈔票，甚至可以成為船長的貴賓。」

我也豁出去了，問道：「這批貨物什麼時候上船？」

「今天晚上，但你現在就要進箱子了，一路順風。」

我還想再問他一些問題，但那傢伙已急不及待地走了。幾個工人來到了我的身邊，示意我進箱子。我除下自己的偽裝，進去後，他們立時加上箱蓋，「砰砰」地用釘子釘好，彷彿釘棺蓋一樣！

我抱着膝，坐了下來，將工具和食物放在前面，反正時間還早，我不妨休息一下。

我居然能睡着zz，等到我醒來的時候，聽到一陣「隆隆」的聲音，我從板縫望出去，看到一架起重機，把一個個木箱吊到一輛大卡車上。

大卡車裝滿了木箱後，便駛到碼頭去。沒多久，我藏身的箱子又被起重機吊了起來，這一次吊得更高，當我在半空中的時候，我從縫隙看下去，看到碼頭上佈滿警察，戒

備森嚴，我不禁暗自慶幸，直到現時為止，事情十分順利。

但當我的箱子被放進了船艙之後，我忽然有一種**不祥**的預感。果然，「**砰**」的一聲，我的箱子上面，又多了一個箱子。我幾乎要大叫起來，難道十九層沒有安排好，將我藏身的箱子放在最外面嗎？

我當然不敢叫出聲來，只能盼望除了上方有木箱外，我的四周千萬不能有木箱！

可是，半小時之後，我**絕望**了。

我的上下左右全都是木箱，我藏身的木箱，已被其他數百個木箱重重圍困住！

那就是說，在漫長的旅途中，我將沒有機會走出木箱去。

我能夠在這個木箱中，活着熬過二十天的航程嗎？

第七章

我終於高聲呼救，我不想被活埋在這裏，實在太可怕了，我寧願被人發現，落到了警方的手中再說。

我大聲地叫着，可是已經太遲了！

在我的四周圍，已經堆上了不少木箱，我的聲音根本無法傳出去。

我取出了工具，那是一柄專門撬釘子的工具，我輕而易舉地撬開了木箱，可是我卻走不出去。

因為在我的面前，是另一個木箱。

我用力去推那木箱，希望可以將木箱推倒，那麼我就可以引起注意，脫出這重重包圍。

然而，我用盡了力氣，卻動不了木箱分毫！我亮起電筒，向前面的木箱照了一照後，又撬開了那個木箱，將木箱中一包一包的東西拉出來，都是棉織品。

我被數以百萬件計，裝成了箱子的棉織品，包圍在中間。

我費了許多功夫，才將前面木箱中的棉織品，塞進了我原來藏身的木箱之中，雖然我可以活動的空間十分小，但勉強還可以搬清前面箱子中的貨物，然後爬到前面的箱子去。

這時候，我的心情輕鬆了不少，因為我發現，用這個方法，可以緩慢地前進，開出一條「隧道」來。

開「隧道」的辦法，便是撬開我面前的箱子，將裏面的貨物搬出來，而我就可以向前進一步了，就像一種小方格的迷蹤遊戲一樣，但我必須花費很多工夫，才能前進一格。

不過，就算我面前有十層這樣的木箱，只要經過十次努力，我就可以脫身了！

剛才那一次，花了我大約兩小時，也就是說，我如果不斷地工作，二十小時就可以脫身，而且，實際上木箱也未必有十層之多。

一想到這裏，我便**精神大振**，立刻開始「**挖掘**」我的「隧道」。

我連續地前進了三個木箱，才休息片刻，吃些乾糧，又繼續工作。

當我弄穿了第六個木箱的時候，我不禁**歡呼**了一聲，因為外面已經沒有木箱了。但是，當我用電筒向外照去的時候，我不禁倒抽了一口涼氣。

因為在木箱的外面，還堆放了另一種貨物，而且是我

無法對付的，它們是一大盤的鐵絲！我有什麼辦法來對付鐵絲呢？除非我有一柄「削鐵如泥」的寶劍。

我不會愚蠢到想去推動那些鐵絲，因為每一盤鐵絲可能有一噸重，而我可以看到，至少有數十盤鐵絲在我的前面。

我頹然地坐下，這十幾小時連續不斷的操作，令我的骨頭根根散了開來。而當你經過了如此艱辛，竟發覺徒勞無功的時候，那就更疲憊不堪了。

我像死人一樣倒在木箱裏，過了好一會，我深信船已經駛出公海了，在極度疲乏下，我慢慢地睡了過去。

到我睡醒的時候，看了看手錶，才知道自己已睡了十小時之多！

我感到渾身酸痛，把身子挺直起來，卻忘記了自己身在箱子之中，結果頭頂「砰」的一聲撞向箱蓋。

這一撞，使我痛得大叫起來，但也使我的頭腦清醒了一陣，忽然靈機一動：我並不絕望！

我的「隧道」來到這裏，被鐵絲阻擋，我無法在鐵絲中挖洞出去，但是，「隧道」不一定要向前的，我可以使「隧道」轉而向上！

通常，貨物裝在船的貨艙中，不會一直碰到船艙的天花板，總會留有空隙，方便搬運。那麼，只要我能弄破最上方的那個木箱，我就有機會爬出去脱身。

於是，我又開始工作了，而且我發覺這次工作比上次容易得多，因為我一弄破上層的箱子，箱裏的棉織品便會自動掉落，省卻了不少工夫。

我弄穿了六個箱子後，終於爬出了最頂層的木箱，而頂上的空間，比我想像的還要多，使我可以站直身子。

我亮着電筒，從木箱堆走到鐵絲上，過了鐵絲堆，是一麻包一麻包的貨物。這時我才發現，剛才我是被埋在貨艙的角落裏，而且我更知道，這一定是十九層刻意安排的，就是為了報復我在俱樂部裏對他不敬。

我攀下了那堆麻包後，站在貨艙裏僅餘的空隙中。我很快就發現了一道鐵梯，此時我實在十分迫切的渴望呼吸一口新鮮空氣，於是馬上攀上鐵梯。到了艙蓋之下，用力頂開了一道縫，然後拿出一片十分鋒利的薄鋸片，從縫中伸了出去，把鎖鋸斷，成功爬出艙外，上了甲板。

這時已是**晚上**　**時分**，我在一艘吊在船舷旁的救生艇中坐下來休息，呼吸着新鮮空氣，並開始作下一步打算。

本來我有足夠的**鈔票**讓船長款待我，可是數目遠遠不夠補償我剛才在貨艙裏所造成的破壞，船長發現了，一定會將我**扣留**的。

所以，我必須想別的辦法，來度過這漫長的航程。

食物倒還不成問題，因為我的乾糧還在，但我必須取得**食水**，食水的最可靠來源，當然就是廚房了。

我休息足夠後，便向船尾方向走去，忽然聽到前面傳來腳步聲和交談聲，我立刻身子一閃，閃到了**陰暗**的地方。

前面走來兩個水手，正在交談，其中一個說：「船長室那一男一女，你看是不是有點**古怪**？」

另一個說：「當然了，躲躲藏藏的，定然是船長收了錢，包庇他們偷渡出境。唉，做船長就有這樣的好處！」

那一個哈哈大笑起來，「當然是做船長好，我看那一男一女定必是重要人物，要不然船長怎會下令，除了侍應生之外，誰也不准踏入船長室？」

另一個又罵了幾句來發洩，兩人便漸漸走遠了。

他們的交談，引起了我心中莫大的疑惑。船長室裏有兩個神秘的客人，而且是一男一女，難道就是駱致遜和柏秀瓊？

一想到這一點，我不禁怒氣沖天！十九層既然有辦法安排他們在船長室享福，為什麼卻要我在貨艙中吃苦？不過，十九層明明說，駱致遜夫婦是早我一天出發的，現在怎麼會和我同船？是十九層騙我，還是他們並非駱致遜夫婦？

我決定去看個究竟，看看那一男一女是否駱致遜夫婦。

而且，如果船長真的受賄偷運人出境的話，那麼我就可以抓住這個痛腳來要脅他，讓我享受同等待遇，否則把事件公開，他一定會受到海事法庭處罰的。

於是，我從陰暗之中閃出來，叫道：「喂，你們停一停！」

那兩個水手連忙轉過身來，看見我就在他們面前，嚇得整個呆住，「你……你是什麼人？」

我沉聲道：「你別管，**帶我去見船長！**」

第八章

不死之人

那兩個水手互望了一眼，「我們不能這樣做，我們必須先通知水手長，水手長報告二副，二副報告大副，大副再去報告船長。」

我亮出一張證件，**神神秘秘**地說：「我是國際刑

警，特意**潛伏**在這裏調查你們船長是否有不當行為，你們只要告訴我船長室在哪裏就可以了。」

那兩個水手有點**不知所措**。

我說：「請放心，我會將你們的身分保密。」

他們想了一想，便伸手指向一條**樓梯**說：「從這裏上去，第一個門，是高級船員的餐室，第二個門，就是船長室了。」

「謝謝配合，請你們也要幫我保密。」我說完便向那樓梯直奔過去，迅速地**向上攀**。

上層原來是船上高級人員的活動地點，一般水手如果不是奉了船長召喚，也不得登上樓梯。

我只攀到一半，上面已有人喝止：「**什麼人？停住！**」

我當然不停，相反地，我攀得**更快**。

那人又喝了一聲，而且我還聽到「**卡咧**」一下拉槍栓的聲音。但那人還來不及開槍，我已經竄到他面前，一掌砍在他的手臂上，將他手中的槍奪了過來。

那傢伙後退了幾步，驚得目瞪口呆，「你幹什麼？你……你要叛變嗎？快放下槍！」

他年紀很輕，大概是剛從航海學校畢業出來的，我冷冷地說：「你錯了，我不是水手。」

他眼睛睜得更大，「那麼，你……是什麼人？」

我冷笑起來，「你問我是什麼人？為什麼你不問問船長室裏的一男一女是什麼人？」

那傢伙頓時變得十分尷尬，「你……你是怎麼知道的？」

我壓低了聲音說：「**快帶我去見他們！**」

那人大吃一驚，「船長有命令，誰也不准見他們的。」

我二話不說，只是舉起槍指着他，他便無奈地轉過身，帶我向前走。

我跟在他後面，來到了第二扇門前，他**緊張**地敲了幾下門。

不到一分鐘，裏面傳出聲音：「什麼人？我們已經睡了。」

我一聽就可以辨認出，那是駱致遜的聲音！

我用槍抵住那人的腰眼，那人忙道：「是我，船長有一點事要我來轉告，請你開門，讓我進來。」

我在那人的耳邊低聲說：「你做得不錯。」

他苦笑了一下，而那扇門也慢慢地打了開來。

門一開，我便迅速將那人推倒一旁，同時用肩頭頂住房門，轉身竄了進去。

當駱致遜怒喝問什麼事時，我已將門用腳踢上，同時，手中的槍亦對準了他。

船長室相當豪華，在駱致遜身後的，是柏秀瓊，兩人穿着華麗的睡衣。船長一定收受了不少好處，才會將自己的臥室讓出來給他們兩人用。

我望着他們，他們也望着我，他們臉上露出極度驚愕的神情，而我心中的快意卻是難以形容。

我坐在一張沙發上，揚了揚槍，「請坐，別客氣！」

駱致遜呆呆地站着，倒是他的太太能保持鎮定，說：「衛先生，在船上，船長有着無上的權威，而我們可以肯定，船長是站在我們這一邊的。」

我聽了，忍不住笑起來，「船長和你們的確是站在同一邊——在**犯人欄**裏。」

這時候，我聽到門外有些動靜，一把聲音喝道：「**開門！我是船長！**」

我也對着門大喝：「不想吃子彈就滾開些！」

門外很快就靜了下來，駱太太的臉色也開始變得**灰白**，因為她知道，如今這艘船上，有着**無上權威**的人是我，而不是船長。

這時駱致遜終於坐下來，苦笑道：「衛先生，你應該原諒我，我不是存心出賣你的。」

「是嗎？」我滿臉質疑。

「真的，你想想，我從死囚室逃了出來，當然希望盡快逃出生天，不想多等片刻，所以一時緊張，才會立即駕車走了。」

駱致遜的解釋，聽來尚算合理，但我不會輕易相信，我指着他説：「這事我暫且不追究，但你必須告訴我，你有沒有殺死你的哥哥？」

駱致遜還未開口，駱太太已叫了起來：「**他沒有！**」

「我是在問他，不是問你！」

駱致遜在我的逼視下，低下頭去，一聲不吭。

「你不肯説嗎？」我站了起來，冷笑道：「我逼船長立即回航，把你送回死囚室去！」

駱致遜依然不出聲，反而是駱太太忍不住發作起來，對駱致遜吼叫：「**你該說話了！**你為什麼不說？我肯定你沒有殺人，你為什麼不替自己***辯護***？為什麼？」

我連忙問：「駱太太，難道你也不知道案件的真相？」

駱太太滿臉**愁容**地搖着頭，「我什麼也不知道，只知道他的心腸極好，絕不會殺人，這是我可以肯定的！」

「可是，當時有許多人看見他將人**推下崖去**。」我說。

駱太太也解釋不了這個疑問，而駱致遜終於開口：「我……非這樣不可，**我非這樣不可！**」

駱致遜一開口，我便把握機會追問：「為什麼你非殺他不可？你費了那麼多的心血，將他找了回來，為什麼幾天後又要**殺死**他？」

駱致遜搖着頭，「沒有用的，我說出來，你也不會相信。」

我盯着他的雙眼，「你只管說，我可以相信一切**荒誕**至極的事情，只要你據實說！」

駱致遜望了我好一會，我以為他要開口講了，可是他又搖着頭，嘆了一口氣。

這時候，意料不到的事發生了，平時看來十分賢淑文靜的駱太太，忽然向前**跳了過來**，毫不猶豫地重重一掌摑在駱致遜的臉上，罵道：「**說！**你這不中用的人，**我要你立即說！**」

駱太太顯然是在刺激駱致遜，要他堅強勇敢地將實情說出來。由此可見，駱致遜有否殺人，為什麼要殺人，駱太太真是一無所知，不然她大可以代丈夫說出來。

駱致遜雙手掩住臉，身子在發抖，過了幾分鐘，才開口說：「好，我就說——是我將他推下去的，因為他……**他已經不能算是人了！**」

我呆了一呆，不明白他這句話的意思。我向駱太太望去，只見她的臉上也充滿了驚詫的神色，顯然她也不明白這是什麼意思。

駱致遜全身正在發抖，抖得他上下兩排牙齒相叩，發出「得得」的聲音來，喘着氣說：「你們明白嗎？我實在非將他推下去不可。」

我不禁苦笑道：「我當然不明白！他明明是人，你怎麼說他不是人？而且還非將他推下去不可？」

駱致遜忽然提高了聲音，**尖叫**了起來：「他不是人，**他不是人！**人都會死的，但**他不會死**，這算是什麼？」

聽到這裏，我不禁驚呆住了。

第九章

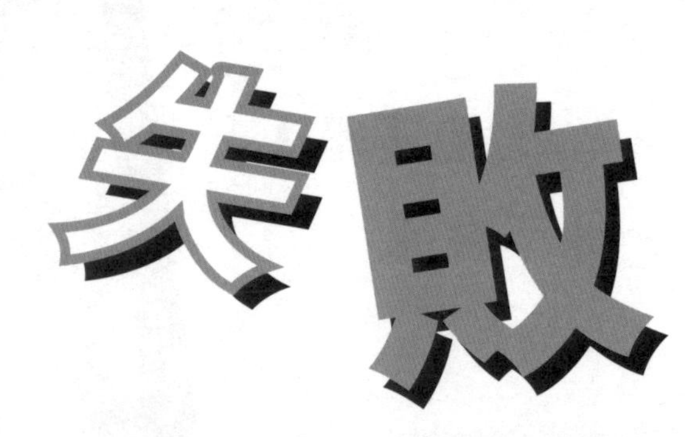

人總是會死的，但駱致遜竟然説駱致謙不會死，那麼，駱致謙還算是一個「人」嗎？而且，駱致遜謀殺駱致謙的罪名當然也不成立了，因為既然駱致謙不會死，駱致遜又何來殺了他？

我腦中亂到了極點，這時候，駱太太先開口：「致遜，你講得明白一些，你沒有殺死他？」

「**我……殺死他了！**」

「可是，剛才你説，他是不會死的。」

「我將他從那樣高的崖上**推了下去**，我想……他多半已死了，我……我實在不知道。」

「你慢慢說，首先，你告訴我們，他何以不會死？」

「他……吃了一種藥。」

「什麼藥？」

「不死藥。」

「不死藥？」

駱致遜夫婦的對話愈來愈荒謬，我實在忍不住喊停：「夠了，你想說駱致謙得到了連當年秦始皇也得不到的東西嗎？」

我這句話充滿了**譏諷**，但駱太太連消帶打地回敬了我一句：「我們如今已得到了許許多多，秦始皇連想也不敢想的東西，不是嗎？」

她說得很有道理，我完全沒有反駁的餘地，只好說：「好，請繼續說下去。」

但駱致遜搖頭道：「我要講的，已講完了。」

「**不！**你還有許多要說的。」我追問：「就算他吃過了一種不死藥，你又為什麼非把他推下崖去不可呢？」

駱致遜**痛苦**地用手掩住了臉，「他要我也服食這種**不死藥**。」

「他把這種藥帶在身邊？」

「不是，他要我到那個荒島去，不死藥就在那個荒島上。而那個荒島，就是他當年遇事故失蹤後，隨海漂流時發現的。」

事情總算有點眉目了，如果駱致遜沒有説謊的話，二十年前，駱致謙在那次軍事演習事故中失蹤，漂流到了一個荒島去。在那個島上，駱致謙服下了不死藥，直到他被駱致遜找回來。

他們兄弟感情十分好，所以駱致謙希望弟弟也去那荒島服下不死藥。可是，駱致遜如果不願意長生不老，他大可拒絕駱致謙的提議，又何須將哥哥推下崖去呢？

我立即提出了這個疑問，但駱致遜支吾以對，不置可否，只是呆若木雞地坐着，精神狀況很差。

駱太太也問了幾句，可是駱致遜已經說不出話了。

駱太太嘆了一口氣，對我說：「衛先生，你可否先讓他冷靜一下？反正在船上，我們也逃不掉的，你先讓他情緒安定下來，我們再問他，好嗎？」

如今已經**夜深**了，我剛從貨艙逃出來也很疲累，所以我同意了駱太太的提議，反正航程至少有二十天，我們大可以慢慢來。

「駱先生，那麼你先休息一下，明天見。」我站起來，離開房間。

當我開門出去的時候，我看到一個中年人**面青唇白**地站在門外，一看他身上的服飾，便知道他是船長。

我冷笑了一下，「**生財有道啊，船長！**」

船長緊張地問：「你……是什麼人？」

「抓住你痛腳的人。」我神氣地說。

船長苦笑了一下，低聲下氣地說：「你想怎麼樣？你說。」

我毫不客氣地說出來：「先給我找一個好吃好睡的地方，最好是將你現在的地方讓出來。」

船長無可奈何地點點頭，「可以。」

「我很累，其他的事，等我睡醒再說吧。」

「好，請跟我來。」船長**苦笑**了一下，把我帶到他目前的臥室去。

這間臥室與船長室一樣豪華，我老實不客氣地在牀上倒了下來，他則尷尬地退了出去。

事情總算開始變得順利了，我找到駱致遜夫婦，正一步步接近事情的真相，而且在船上還可以吃好睡好，確實不錯。我很快就帶着輕鬆的心情睡覺了zz。

不知睡了多久，我被「砰」的一聲巨響驚醒。當我睜開眼睛時，我簡直以為自己在做夢，因為在我睡着之前還對我恭恭敬敬的船長，這時卻握着手槍，凶神惡煞地站在門口。

他揮動一下手臂，四五個身形高大的船員便向我衝了過來。

我不明白為什麼一覺之間，船長忽然變得強硬起來，要對我不利。

那四五個壯漢已經衝到了我的牀前，船長更舉槍對準了我，叫道：「將他抓起來！」

我伸手喝道：「**別動！**船長先生，你在幹什麼？」

船長向我**獰笑**，「你是一個通緝犯，偷上了我的船，我自然要將你看管起來，等到回航的時候交給警方！」

「你不怕我——」

我的話還未説完，那四五個壯漢已經撲了過來。我猛地從牀上**跳起**，借助牀的彈力，揮出雙手雙腳，同時痛擊四名大漢。

他們怪叫了一聲，向後倒去，我則立時落地，**一個打滾**，滾到了船長的腳邊。

我抱住了船長的雙腿，猛力一拖，使他仰天倒了下來。我一掌砍在他的手腕上，奪過了手槍，然後**一躍而起**，「**砰**」地關上了門，背靠着門而立，喝道：「統統站起來，將手放在頭上！」

那些大漢見槍已到了我的手中，自然乖乖地將手放到頭上，退了開去。

而船長剛才那仰天一跤，跌得着實不輕，在地上賴了好一會才站起來，摸着後腦，惡狠狠地瞪着我說：「**你是逃不了法律制裁的！**」

我冷冷一笑，「也許我們會關在同一個監房裏。」

「我為什麼要坐牢？」

「你的記性太差了，就在對面的船長室裏，你私運了兩個人出境，而其中一個更是被判了**死刑**的重犯。你忘記了嗎？」

船長居然毫無懼色，微笑道：「你要脅不到我的。」

「為什麼？」我**疑惑**地問。

「他們兩人走了。」

我幾乎不敢相信自己的耳朵，失聲道：「**走了?**」

看到我的反應，船長十分得意地說：「他們放下了救生艇，偷偷地走了，你什麼證據也沒有了**!**」

我真正地呆住了！

我又一次敗在駱致遜夫婦手上**!**

這個消息對我的打擊實在太大，倒不是由於他們兩人一走，我便不能再要脅船長。而是他們一走，我的處境可說**糟糕至極**。

本來，我有兩個途徑可以補救協助越獄一事。

一個辦法，是我能證明駱致遜沒有殺人。

第二個辦法，便是將駱致遜帶回**監獄**去。

但是，兩個辦法都必須有駱致遜這個人在啊！

如今駱致遜走了，我該怎麼辦**?**

第十章

聽到駱致遜夫婦已離開這艘船的消息，我足足呆了幾分鐘才能説話：「這是不可能的！如今我們在**大海**中，他們下了救生艇，獲救的機會有多少？他們為什麼要冒這個險？」

船長聳聳肩，「我怎麼知道？」

我**厲聲**道：「是你將他們兩人藏了起來**！**」

船長笑了起來，笑得十分鎮定，「如果你以為是這樣，那麼船到了港口之後，你大可以向當地警方指控我。」

船長表現得如此鎮定，不似是假裝的，我相信駱致遜夫婦真的走了。

他們為了逃避我，竟然寧願在汪洋大海中漂流，這是我萬萬料不到的。而他們離去所帶給我的困境，使我一時之間不知所措。

船長向我提議道：「你先把槍放下，其實，如果你想離去的話，我可以供給你救生艇、食水和食物的。」

我心中很亂，駱致遜夫婦已不在船上了，我留在

船上當然沒有意義，但是，如果我在海上漂流，又有什麼用呢？

海洋如此浩瀚，難道兩艘救生艇，竟能夠在海洋中**相遇**嗎？

我的一生中，可以說從來也沒有遭遇過連續的**失敗**，況且我這次的對手只不過是一個死囚，和一個婦人而已。

我定下神來說：「船長，我有話要單獨和你說。」

「你先將槍還給我。」船長討價還價。

我當然沒有把槍給他，只說：「船長，我現在已是一個**亡命之徒**了，你應該明白，一個真正的亡命之徒，**是什麼也敢做的！**」

船長臉色一變，聲音有點**顫抖**，「可是以你如今的罪名來說，也不致被判死刑。」

我聳聳肩，故意嚇唬他：「對我來說，坐牢和死刑幾乎是一樣的！」

船長的面容更蒼白了。

我又說：「當然，如果你不是逼得我太緊的話，我是不會亂來的。」

船長只好屈服，向那些大漢打了個眼色，

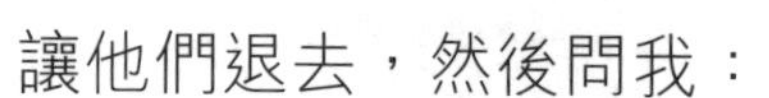

讓他們退去，然後問我：「你究竟想怎樣？可以說了。」

我究竟想怎樣呢？最理想是給我安排一架直升機或一艘快艇，那麼我便可以在海面上

駱致遜夫婦的下落了。但是在一艘如此**殘破**的貨船上，當然是不會有快艇或直升機的。

於是我問船長：「這艘貨船可以在就近什麼地方停一停嗎？」

船長連忙搖頭，「附近根本沒有可供安全停泊的地方，而且，如果我們的船被發現**偏離**了航道的話，會引起附近各國軍方的注意，我相信這不是你所期望的。」

我嘆了一口氣，忽然想到，駱致遜千辛萬苦逃過了**死刑**，與妻子遠走高飛，是絕不會隨便冒這麼大的險，在**茫茫大海**中坐救生艇離去的。莫說很難遇上其他船隻把他們救起，就算真的好運獲救，他們的身分也會暴露，駱致遜會被遣返回去服刑。

因此我推斷，駱致遜夫婦根本已安排了接應，還帶了**訊號工具**上救生艇，讓接應的船能找到他們！

既然他們選擇了一艘到**帝汶島**去的貨船，那麼他們獲得接應後，很可能仍然會到帝汶島去，我大可以直接到那個島上去尋找他們。

於是我決定賭一賭運氣，對船長說：「那麼，我的要求很簡單，我要在船上住下去，要有良好的待遇，等船到了目的地之後，你必須**掩護**我上岸。」

船長想了一想，擔心地問：「你保證不連累我？」

「當然，我還可以拿什麼來連累你？」

「那麼，你在船上也不要生事，最好不要和船員

。」

我收起了手槍，說：「我可以做得到，但希望你也不要耍花樣，因為在下船的時候，我會用槍指着你，不讓你有對我不利的機會。」

島上尋人

我說完便退了出去，退到了駱致遜夫婦佔據的房間中，在牀上**倒了下來**。

接下來近二十天的航程裏，可說是我一生中最**無聊**的時刻了。

我天天注意着新聞，卻得不到任何關於駱致遜夫婦的消息，我幾乎每天都悶在這間艙房之中。

二十天過去，船終於到達目的地了！

辦完了入港的手續後，船長和我一起下船。

船長是帝汶島上的熟人，官員和他十分熟稔，船長知道我的目的只是想離開，而不是想害他，所以他也十分**鎮定**。

等他將我帶到**中國人**聚居的地方，我也確定他不想害我的時候，我才將手槍還給他。他迅速地轉身離去，我則走進了一家中國菜館。

菜館中的侍者全是中國人，當我提及我有一點美鈔想換一些當地貨幣，寧願吃一點虧時，他們都大感興趣。我換了相當數量的鈔票，吃了一餐我閉着眼睛燒出來也比這美味的「中餐」，然後在街道盡頭的一家中級旅店住了下來。

我開始我的尋人行動了。我很快就結識了十來個在街上流浪，無所事事的少年，並將駱致遜夫婦的照片給他們看，願意每天付一點報酬，讓他們日夜不停，注意各碼頭上落的中國人，如果成功找到照片中的夫婦，還可以獲得巨額賞金。

重賞之下，必有勇夫。不到三天，為我工作的流浪少年已有一百四十六個之多，可是我還沒有得到什麼消息。

而我自己也每天外出，去尋訪駱致遜夫婦的下落。帝汶島是一個新舊交織，天堂和地獄交替的怪地方。在海灘上，眺

望着南太平洋，任由海水捲着潔白的貝殼，在你腳上淹過，那種情調，和在夏威夷海灣度假沒有多大分別。

一直等了半個月，我幾乎已經絕望了。

但有一天黃昏，我如常地坐在海灘上，忽然看到兩個流浪少年向我奔跑過來。他們上氣不接下氣地跑到我的面前叫着：「先生，先生，我們相信，我們可以得到那筆賞金了！」

我一聽得他們這樣說，大感**興奮**，連忙問：「你們找到那兩個人了？在什麼地方？」

他們齊聲道：「**在波金先生的遊艇上！**」

我不禁大吃一驚，因為波金先生在帝汶島上無人不知，他勢力**極大**，非常有錢，是一個令當地人聞風喪膽，無人敢惹的土皇帝！

駱致遜夫婦怎麼會和這個人在一起的**？**事情變得愈來愈複雜了。（待續）

案件調查輔助檔案

大海撈針

此舉實在和**大海撈針**沒有分別，許多人都勸駱致遜不必那樣做了。

意思：比喻範圍大，沒有線索，事情很難辦成，有白費氣力之意。

無能為力

他的妻子替他請了幾位最好的律師，但是再好的律師也**無能為力**。

意思：用不上力量，幫不上忙，指沒有能力或力不能及。

暫緩

城中一流的律師雲集，全是駱致遜的夫人請來的，他們正在設法請求**暫緩**，盡最後努力提出上訴。

意思：暫且推遲。

天造地設

駱致遜和柏秀瓊可說是**天造地設**的一對。

意思：事物自然形成，合乎理想，不必再加工。

文質彬彬

他**文質彬彬**，十分有書卷氣，雖然看起來十分疲憊，臉色蒼白，但雙目依然很有神采。

意思：形容氣質溫文爾雅，行為舉止端正，文雅有禮貌。

素未謀面

駱致遜雖然很斯文，但竟然叫**素未謀面**的我幫他越獄。

意思：指從來沒有見過面。

異想天開

這種**異想天開**的要求，不也是「什麼事情都做得出來」的一種嗎？

意思：比喻荒唐離奇，想像着暫時無法實現的事，也比喻超強的想像力。

垂頭喪氣

所有律師都**垂頭喪氣**地坐着，一聲不響，看來請求緩期的事情，已經沒有什麼希望了。

意思：形容因失敗或不順利而情緒低落，萎靡不振的樣子。

鍥而不捨

傑克仍然不放棄，**鍥而不捨**地追着我問：「究竟他向你要求了什麼？告訴我。」

意思：比喻有恆心，有毅力。

不勝其煩

我**不勝其煩**，於是在大門口站住，回過頭來告訴他。

意思：煩瑣得令人受不了。

嫌隙

畢竟我和他有一些**嫌隙**，他是真心給我意見，還是故意設下圈套啊？

意思：因猜疑或不滿而產生的隔閡。

明目張膽

做是可以做得到的，可是這樣一來，我**明目張膽**地犯法，你認為怎樣？

意思：無所顧忌，膽大妄為。

紙上談兵

但不要被他這個銜頭嚇怕，他所謂的犯罪，全都是**紙上談兵**的。

意思：指在紙面上談論打仗，比喻空談理論，不能解決實際問題。

置身事外

當然，我不會連累他，在一路前來的時候，我早已計劃好，事後如何讓他**置身事外**。

意思：把自己放在事情之外，形容對事情漠不關心。

過橋抽板

我原意是要在他身上查明白那件奇案的真相，沒想到他只是想利用我來逃獄，**過橋抽板**，太過分了！

意思：比喻一個人達到目的後，想獨享勝利成果，把過去同甘共苦的戰友一腳踢開。

跳進黃河也洗不清

這樣看來，我的嫌疑實在是**跳進黃河也洗不清**了。

意思：比喻無法擺脱關係，避免嫌疑。

得償所願

這裏有十分具規模的藏書，你可以**得償所願**了，還唉聲嘆氣？

意思：願望得以實現。

燙手山芋

我們接到嚴重的警告，這個**燙手山芋**，我們實在不敢碰啊。

意思：比喻要解決的事情很棘手或會招來麻煩。

連消帶打

我這句話充滿了譏諷，但駱太太**連消帶打**地回敬了我一句：「我們如今已得到了許許多多，秦始皇連想也不敢想的東西，不是嗎？」

意思：在化解的同時進行攻擊。

呆若木雞

駱致遜支吾以對，不置可否，只是**呆若木雞**地坐着，精神狀況很差。

意思：愣着不動，形容人痴或因驚恐而發愣的神態。

凶神惡煞

在我睡着之前還對我恭恭敬敬的船長，這時卻握着手槍，**凶神惡煞**地站在門口。

意思：比喻兇惡的人。

亡命之徒

船長，我現在已是一個亡命之徒了，你應該明白，一個真正的**亡命之徒**，是什麼也敢做的！

意思：逃亡的人，亦指冒險犯法，不顧性命的人。

衛斯理系列 少年版 08

不死藥（上）

作　　者：衛斯理（倪匡）
文字整理：耿啟文
繪　　畫：余遠鍠
助理出版經理：周詩韵
責任編輯：林信
封面及美術設計：BeHi The Scene
出　　版：明窗出版社
發　　行：明報出版社有限公司
香港柴灣嘉業街 18 號
明報工業中心 A 座 15 樓
電　　話：2595 3215
傳　　真：2898 2646
網　　址：http://books.mingpao.com/
電子郵箱：mpp@mingpao.com
版　　次：二〇一九年十一月初版
二〇二〇年六月第二版
二〇二二年七月第三版
ISBN：978-988-8526-74-1
承　　印：美雅印刷製本有限公司